FICHA TÉCNICA

Título: *As Aventuras do Jubas - Aventura Sobre Rodas*

Autor: *Nuno Caravela*

Copyright © Nuno Caravela e Editorial Presença, Lisboa, 2013

Ilustrações: *Nuno Caravela*

Direção de produção: *Sofia Martins da Silva*

Artes finais: *Sofia Martins da Silva e Cláudia de Castro Lobo*

Realização

Impressão e acabamento: *Multitipo - Artes Gráficas, Lda.*

1ª edição, Lisboa, outubro, 2013

Depósito legal n.º 363 840/13

Reservados todos os direitos

para a língua portuguesa à

EDITORIAL PRESENÇA

Estrada das Palmeiras, 59

Queluz de Baixo

2730-132 BARCARENA

info@presenca.pt

www.presenca.pt

Fabricado sob licença do SPORTING CLUBE DE PORTUGAL

© SCP – PRODUTO OFICIAL LICENCIADO

AVENTURA SOBRE RODAS

EDITORIAL PRESENÇA

A

manhã estava tão bonita e tranquila, que o Jubas não podia imaginar que estava prestes a ter uma das maiores aventuras da sua vida.

Tudo começou quando, ao sair do seu quarto, encontrou junto à porta um par de patins de hóquei.

AS AVENTURAS DO JUBAS

Como adora patinar, o Jubas não resistiu a experimentá-los. Pouco depois, deslizava pelos corredores do estádio. «Que sensação maravilhosa», pensou ele. «De quem serão estes magníficos patins?»

De repente, o imprevisível aconteceu, e os patins começaram a acelerar sozinhos! Quanto mais o Jubas tentava travar, mais estes ganhavam velocidade.

SCP
SPORTING
PORTUGAL

3

O mais incrível é que os patins pareciam ter ganho vida, pois evitavam com agilidade todos os obstáculos que lhes surgiam à frente.

E, quando parecia impossível que os patins andassem mais depressa, estes dispararam a uma velocidade vertiginosa, obrigando o Jubas a fechar os olhos.

4

Durante alguns segundos, o leão sentiu a poderosa força do vento contra a sua juba.

Mas depois, aos poucos, os patins começaram a abrandar, até que por fim pararam totalmente. Quando abriu os olhos, o Jubas viu que estava todo equipado para um jogo de hóquei: tinha os patins, o *stick*, as luvas, as caneleiras, a conquilha e as joelheiras.

O espanto foi tal, que só quando olhou em redor é que percebeu que os misteriosos patins o tinham transportado para um jogo.

Mas não para um jogo qualquer: tratava-se da final da Taça dos Campeões Europeus de 1977.

O desafio era enorme: se a equipa do Jubas vencesse, seria a primeira equipa portuguesa a ganhar um troféu internacional em hóquei em patins.

O Jubas tinha de contribuir para que a história do
hóquei português não fosse alterada para sempre.

Entretanto, os jogadores
deslizavam a grande
velocidade à sua
volta, como se
fossem sombras.

Foi então que alguém passou a bola ao Jubas. Sem hesitar, o leão partiu em direção à baliza adversária.

A figura do guarda-redes impunha respeito, o público gritava e o Jubas estava a segundos de poder marcar. Agilmente, o pequeno leão serpenteou por entre os adversários e bateu com o *stick* na bola com toda a força.

A multidão entrou em delírio! O Jubas tinha marcado o primeiro golo da equipa do Sporting.

Enquanto festejava o golo, uma das sombras aproximou-se e o Jubas conseguiu por fim ver o seu rosto: era Júlio Rendeiro, o capitão de equipa.

O carismático capitão felicitou o Jubas pelo excelente golo, mas avisou-o de que o jogo ainda não estava ganho. Era preciso muita concentração até ao apito final.

Entretanto, surgiu mais um dos grandes jogadores de hóquei em patins do Sporting Clube de Portugal: João Sobrinho.

Aos poucos, o Jubas começou a perceber que aquela não era uma equipa qualquer, mas sim uma equipa destinada a fazer história naquela modalidade.

O jogo continuou com o Jubas empenhado em dar o seu melhor. Pouco depois, a bola estava de novo na sua posse.

Patinando com agilidade, o Jubas fintou um adversário e depois outro. Mais uma vez, os seus patins pareciam querer ajudá-lo.

De repente, o Jubas conseguiu surpreender novamente a plateia. Com uma pancada fortíssima do seu *stick*, fez a bola voar como um foguete até ao interior da baliza adversária.

Que grande golo!
O Jubas estava imparável naquele jogo e a Taça dos Campeões Europeus parecia cada vez mais próxima.

A um minuto do final do jogo, as duas sombras que o Jubas ainda não tinha reconhecido surgiram à sua frente. Vítor Carvalho, também conhecido por «Chana», era um dos mais talentosos jogadores de hóquei em patins de sempre.

A segunda sombra era o lendário António Livramento, considerado por muitos o melhor jogador do mundo de todos os tempos.

O Jubas nem queria acreditar que estava ali a jogar com eles. Faltava apenas conhecer o guarda-redes, que entretanto fizera uma defesa incrível.

3, 2, 1... O árbitro apitou, assinalando o final do jogo! O Sporting era o grande vencedor da Taça de hóquei em patins!

A alegria e a felicidade da equipa eram incríveis. Naquele momento, todos se aperceberam de que os seus nomes ficariam gravados na história do desporto.

Mas foi quando António Ramalhete, o maior guarda-redes português de sempre de hóquei em patins, se juntou aos festejos, que o Jubas se sentiu o leão mais feliz do mundo.

Durante o jogo tinha percebido que aquela equipa histórica era formada pelos «Cinco Magníficos».

O Jubas ergueu a Taça dos Clubes Campeões bem alto e nesse momento o pavilhão tremeu com os aplausos.

Enquanto aplaudia, a multidão gritava o nome dos «Cinco Magníficos» e também o seu:
– JUBAS! JUBAS! JUBAS!

– JUBAS! JUBAS! JUBAS! – Aos poucos, o som da multidão foi ficando cada vez mais distante.

Até por fim se transformar num murmúrio lá muito ao longe. Foi então que o Jubas acordou.

Olhou em redor e viu que estava no seu quarto, de pé sobre a cama, com os braços no ar e a gritar o nome dos «Cinco Magníficos». Afinal, tinha sido tudo um sonho!

Junto a ele, estava um livro com a história daquela equipa. «Já percebi. Adormeci a ler e sonhei que participava nesta grande vitória», pensou o Jubas.

Os Cinco Magníficos

SCP
SPORTING
PORTUGAL

O Jubas espreitou lá para fora e viu que a manhã estava mesmo bonita e tranquila, tal como no seu sonho.

Ao olhar para a porta, decidiu confirmar que não estava nada do outro lado, ao contrário do que acontecera no seu sonho. Mas qual não foi o seu espanto quando encontrou um par de patins.

Afinal a aventura tinha ou não sido apenas um sonho? Só havia uma maneira de saber: calçar os patins.

Desta vez, os patins não ganharam vida, nem começaram a acelerar sozinhos, mas de qualquer forma o Jubas divertiu-se imenso com eles.

Desde então, sempre que calça os patins, o Jubas recorda aquela grande vitória do hóquei em patins português e do Sporting Clube de Portugal.

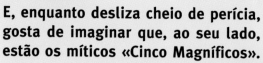

E, enquanto desliza cheio de perícia, gosta de imaginar que, ao seu lado, estão os míticos «Cinco Magníficos».

FIM

Jubas

Pede ao Jubas que autografe o teu livro.

_____

Autógrafo do Jubas